시간의 카니발

책 만 드 는 집 시인선079

시간의 카니발

동시영 시선집

책만드는집

시간의 흐름에선
순간이 다 새 아침

오늘이라 부르면
영원이라 대답하는

아침이 오는 건 기적이 오는 것
쓰는 건 기적 위의 영원을 걷는 것

말에도 입이 있다
말이 입을 열게 하는가?

한 번을 영원 번처럼 쓰는가?
사는가? 꽃빛 누비며 흔들리는 봄바람처럼

2016년 2월

동시영

| 차례 |

2부 흔들리지 않는 법칙

3부   푸른 시간

1부
산국화 피어 있는 길

나무와 새

나무가 새의 그네인가 했더니
날아간 새가
나무의 그네였네

나무는

더울수록 옷을 입고
추울수록 옷을 벗네

눈꽃

눈도
나무에
내려야만 꽃이 된다

몰라

왜 피는지 몰라
꽃은 더욱 아름답고

왜 사랑하는지 몰라
더욱 너를 사랑한다

암자

산 속에
산 아니면서
산 되고 싶어 사는 사람들의 집

혼잣말

혼잣말했네

누구랑 말했나?

공기 속에 사는
사람들이 해놓은 말들이 말 걸었나?

그들도 꽤나 외로웠나 보다

막다른 길

강에겐
흐르는 것이 막다른 길이다
멈출 수 없는 길도
막힌 길이다

기미

내가 해변을 거닐 때
태양이 나를 거닐었구나
얼굴 위의 태양 발자국
기미

풍선

얌전하던 풍선에
바람이 들어가니
이내 바람나는 풍선

한번 바람이 나더니
아예 바람을 타고 다닌다

거울의 사상

거울은 망각의 천재

보이지 않으면
바로 잊는

산행

오르라 하는 산봉우리

내려가라 하는 계곡물

오르락내리락하는 사람들

거울 보기

아무리 잘 못해도
다
봐준다

시는

가끔씩
신들이 지상으로 걸어주는 전화

물에 빠지기

큰물 진 뒤
한강 변

물고기 한 마리
깊은 물에 빠져 죽었다

아! 위험한 물

눈 내리는 밤

하늘에선
겨울이 봄인가 보다

얼마나 많은 꽃이 피어 있으면
이렇게 많은 꽃이 지고 있을까?

꽃잎 지다

꽃이 진 나무에
꽃잎 하나 남았네
저
마침표

만추

슬픔 없이 우는 배우처럼
낙엽이 슬픔 없이 지고 있다

강화 기행

강화 바다에 갔었다
안으로 잠긴 갯벌
열쇠 구멍만 가득했다

집에 온 나도
열쇠 구멍으로 들어와
꽃게처럼 앉아본다

산국화 피어 있는 길

길도 너무 예쁘면 길이 아니다
갈 수 없게 한다

산국화 피어 있는 길

길에서도 나는 갈 수 없었다
오래도록 서 있다가
나도 그냥 길이 되었다

첫사랑

첫사랑은 황홀한 지우개
내 이름마저도 까맣게 잊고
거기
너를 써 넣게 하던
그때
흔적 없이 녹아내린 나는
오직 네 속에서만 살고 있었지

후회

부르지 않아도
자주 찾아오는 후회

후회만큼 비싼 건 없다

소리 향기

새들 울음소리가
우울의 가지를 잘라주고 가네

꽃보다 향기론 새소리

주름에 관하여

주름은 휴식
수십 년의 긴장을
이랑이랑 내려놓는다

임신 현상

사람이 집이 된다
아기를 가지면

저녁 등불

어두워지자
잠자던 불들이 다들 깨어났다

불들은 저녁이 새 아침이다

목그네 랩소디

목걸이가
온종일 내 목에 걸려
그네를 탔네

참 호사웠겠다

아이스크림

달콤한 혀의 가르침
놓쳐버린 기회는
녹아버린 아이스크림

개

개는
소리로 귀를 문다

어느 무주택자를 위한 생각

조개껍질
소라 껍질
굴 껍질

바닷속에도 무주택자들이 있을까?

빗자루 명상

나무는 거꾸로 선 빗자루
오늘도
하루 종일
허공을 쓸고 있다

볼펜의 일생

거꾸로 서서
먹은 것을
다 토해내야
비로소 편히
쉴 수 있다

외계인 명상

갓 태어났을 땐
우리도
다들 외계인이었다

트로이의 목마

이른 아침
자동차들이 은밀하게
도시로 잠입한다
하루와 싸울 병정들을 태우고

애피타이저와 디저트

하루의

여명과 석양

애피타이저와 디저트

귀걸이

왕비가 주인인가 했더니
귀걸이가 왕비의 주인이네

오래 살아야 주인이네

비

비가 온다

어느 산 애기풀이 고했을까

목마르다고

쉼터

온종일 아무것도 하지 않았다
가장 편한 쉼터는
결국 나였다

가을 집

들국화 문패를 달고
풀벌레 풍경을
매달고 있구나

신이 타는 자동차

자동차는
어디로 가는지도 모르면서 달린다
우리도 신이 타는 자동차

꿈 카페

꿈은
잠의 카페
약속 없이도
사람들을 잘도 만나는

글쓰기

나는 글을 쓰고

글은 나를 쓴다

우리는

인생은 마침표 없는
되돌이표인가
되돌이표 없는
마침표인가

목소리

목소리는 생의 배에 달린 뱃고동

비의 귀향

빗소리는 땅으로의 귀향을 알리는
물의 발자국 소리

봄 그네

버드나무에 올라간
봄이

그네를 타고 내려오네

지구 타기

온종일
코끼리를 타고
낙타를 타고
바다를 탔다

그 저녁
슬그머니
날마다 지구를 타고 노는 게
고마워졌다

길

길은 공간을 여는 열쇠

시계

시계는 시간의 물레방아
시간을 물처럼 걸어 흐르게 하는

수선화

수선화
한 떨기
바람 가지 위에 올라
꽃 핀 꿈 꾸고 있다

어젯밤 꿈에 본 그대 미소
한 떨기

도서관 풍경

혼자 태어나
외롭다 칭얼대는 사람들
지금,
책들이
한 사람씩 맡아
봐주고 있다
책들은 베이비시터
칭얼대던 사람들 조용하다

우리는 혼자 태어났으므로
사랑할 수도
이별할 수도 있다

낙엽

한 잎 낙엽이 또 하나의
만다라를 완성한다

떨어지자 이내 길이 되는 잎
나무가 키운 건
잎이 아니고
길이었다

가다 쉬는 낙엽에
길이 앉아 쉰다

파도여 모래여

올 듯 갈 듯

그리워 널 찾으면
언제나 그 몸짓뿐

사는 건
오는 듯 가는 거란 말이냐
가는 듯 오는 거란 말이냐?

보고 또 봐도 모르겠는데
웬 지우개들이냐?

읽기도 전에 지워버리는
파도여 모래여 바람이여

파문

이별 그 후

새가 앉았던 가지처럼
나는 흔들리고 있네

반복이 생존의 법칙인
일상의 호수 속에
아! 이 파문마저 빠뜨리고 말겠네

지금 내가 할 수 있는 사랑은
오직
이별마저 사랑하는 것뿐이네

2부

흔들리지 않는 법칙

물음표의 거처

10월 28일은 거래하고 있다
가을 가면으로 된 절정의 깃발을 펄럭이면서

지팡이 없는 껍질이
골목을 지나간다
사람들은
신들이 쓰는 낡아빠진 동전
길들의 무한한 데려감
몽상의 판화
공간을 위해 이동하는 소품
물음표의 거처

흔들리지 않는 법칙

놀이터 한쪽,
이스트 같은
나이를 먹고
자라나는 아이들이
그네를 탄다

한 번 오면
한 번 가고
……

거듭 오는 것은 없고
거듭 가는 것도 없다

시계추 된 아이를 보며
시간을 만져본다
그네 속 아이는
오고 가는
법칙을 타고 논다

흔들리는 그네는
흔들리지 않는 법칙을
태워주고 있다

끝없이 쫓겨나는 사람들

미래로만 끝없이 쫓겨나는 사람들
집은
시간의 미끄럼틀
순간은
하나뿐인 거울
하루가 하루를 끌고 달아나며
안심하라 안심하라 말하지만
놀이가 아니지요
따는 것도 잃는 것도 아니에요
힘들게 힘들게 살지 말고
하인들에게나 맡기라구요?
우리가 하인인데 누구한테 맡겨요?

단풍은 붉고 노란
가을의 언더라인
집시춤이 제격이죠
하아하아하아 즐거운 격리자들
신나게 신나게 격리춤을 추지요

빨리 빨리 빨리 좀 그만해요
권태에 지친 노인처럼
초조하지 마세요
마음이 마음 놓고
시간을 낭비하게 하세요
시작도 끝도
텅 빈 시간의 것이지요
과일이 껍질을 깎이듯
하루는 하루에 맡겨 깎으세요

그리고
우리들의 의자는
우리들의 것이지요

새벽

잠 대신 불면이 새벽을 낭비하고
내 귀는 소리들의 과녁
보이지 않는 것들의 발자국이
내 귀를 쏜다
물체의 말이 정신의 촉각을 만지고
비밀의 처소를 노크한다
콜럼버스도 누구도 발견하지 못한 그곳엔
어떤 원주민도 살지 않는다
떠도는 자들의 것이기에
유랑민들만 살다 떠날 뿐이다
목숨의 소리들이 생각의 세포를 두들겨도
만나는 것은 오직 메아리뿐

밤을 다 써버린 새벽이
빈 지갑처럼 훤하게 열려 있다
세탁이란 글자가 생각의 날개를 탄다
세탁소 사람들은 때를 벗기면서 때를 입는 사람들

옷을 빨아 입듯 생각을 빨아 입고 싶다
탄생의 전 단계는 세탁의 시간
갓 태어난 아이들은 늘상
뽀얀 빨래였다

어둠 속에서 소음 범행을 저질러댄 물체들을
태양 플래시가 찍고 있다
잘 발달된 근육의 손이
역사의 문을 열고 있다

살아라 목숨아

살아라 목숨아
목숨의 지평선까지
오직 순간만 현실이고
모든 것은 신화다

삶은
현실이 신화 속에 깜빡이는 것
스치는 바람결도 신화이어라

창작의 깃발 든
순간의 현재들이
만종의 소리를 울릴 때까지
살아라 목숨아

비가 오면 비를 먹고 살고
해가 나면 해를 먹고 살자
슬프면 슬픔을 먹고 살고
기쁘면 기쁨을 먹고 살자

세상 모든 것은
목숨의 먹이

세상 사는 법전

거짓말의
천적은 거짓말
이에는 이
눈에는 눈
거짓말에는 거짓말
이것이 세상 사는 법전

깨끗한 세상을 만들자구요? 그걸 어떻게 만들어요
깨끗한 건 세상이 아니거든요 세상은 꿈이 이루어지는
곳이라구요? 꿈이 깨지는 곳이지요 우리는 결국 깨어질 꿈
이거든요 사는 게 무슨 장난이냐구요? 장난이 사는 거지요
사람들은 모두 장난 안에 살아요 사람들 밖엔 사람들이 있
지요 말장난으로 사람들을 열지요 약속도 없이 찾아온 시
간이 우리를 열고 들어와 하루를 꺼내 가네요 태양이 큰 눈
뜨고 호령해도 겁내지 않는 도둑이지요

미움에는 미움
증오에는 증오

이에는 이
눈에는 눈
거짓말에는 거짓말

수평의 벽

　말도 건네지 않고, 무관심하게 하루가 나를 지나간다
　거울 밖에 있듯 세상 밖에 있다 이스탄불, 아테네, 알렉산
드리아, 비엔나, 베이징……
　내가 본 모든 도시의 밖에 나는 있고 서울 밖에서 서울을
본다
　공간 밖에 쫓겨나 공간을 무서워하며 땅 위를 걸어본다

　걸으면서, 거대하게 커져서는
　멀어져 가는 거리를
　벽돌처럼 쌓는다
　수평의 벽을 만든다
　칸막이가 없어도
　보이지 않는다
　때론
　수평의 공간이 수직의 벽보다 더욱 무섭다
　무시무시한 공간

목숨 · 사랑 · 미움

밥도 아니고
빵도 아니다
우리가 일용할 양식은
목숨

목숨은
사는 것도
파는 것도 아니다
다만 얻어 온 것

사랑하는 것도
미워하는 것도 아니다
다만 길들의 얽힘일 뿐

소리보다 먼저 깬 내 귀

도시의 외곽
새벽 네 시

귀뚜라미와 스님이
소리의 길을 간다

스님 같은 귀뚜라미
귀뚜라미 같은 스님

새벽빛 칫솔을 꺼내
일찍 깬 소리들의
이빨을 닦는다

소리보다 먼저 깬
내 귀도 닦는다

잡념들에게도 일요일이

잡념들이
소음을 끄고 외출했다

생각의 집이
장난감 없는 아이처럼 심심하다
시간의 공터에서
혼자 논다
하품하는 시간이 심심하다
하품이 열어준 시간의 입에 심심한 벽화를 그린다
벽화 속에서 토요일이 걸어 나오고 있다
오늘은 토요일이라고 해야 한다
잡념들에게도 일요일이 있었으면 좋겠다

길 위에 서면

길 위에 서면
길은 끝없이 달아나고
길이 없어도 가야만 한다

거리엔 자동차로
자신을 운전하는 사람들 넘쳐나고

음주운전하듯
자신을 운전하는
사람들이 있다

때론 사람이 자동차보다
더욱 위험한 탈것

코드만의 체계

메시지 없는
코드만의 체계 속에서
지도 없는
질주의 횡포 속에서
사람들은
사람에 지칠수록 사람을 그리워한다

애인 같은 섬 하나 그리워한다
섬 같은 애인 하나 그리워한다

여름과 가을 사이

  새벽 시계 소리가 차갑게 말하네요 벌써 귀뚜라미 시계
를 쓸 땐가요? 매미 시계는 여름에만 쓰지요 머릿속이 새벽
처럼 카오스예요 무슨 생각이 밝아오겠죠 나는 율리시스를
썼다 너는 무엇을 했냐구요? 오토바이 소리가 무엇을 배달
하네요 내가 잠들지 못하는 건 초코 초코 제라늄이 제일 잘
알아요 비 온 뒤 언제나 무지개가 서게 해달라고 기도한다
구요? 아이리시 블레싱이죠 사람들 사이엔 공간이 있지요
움직이는 공간이 따라다니죠 공간은 최대의 적이에요 어제
사들인 공간을 세어보지요 고통의 지폐를 세는 거지요 서
로 지독한 밖의 공간이라는 것이 슬프죠 남자와 여자의 목
소리가 들려오네요 막올림 시그널 같네요 곧 막이 올라갈
까 봐요 대단한 극장이지요 보고 듣는 것은 생각의 정거장
이죠 생각들이 타고 내리네요 신문에는 한 사나이가 심각
하게 찌푸리고 있네요 신문은 고문대, 두통이 오네요 어제
친 공들이 모두 머리를 치네요 생각의 자유와 몸의 부자유
생각의 비공간성과 몸의 공간성이 0/1의 고통의 늪이지요
S/s도 그렇지요 갈등의 공식이지요 베니스의 상인에는 세
개의 여성 이미지가 검출된다구요, 프로이트가 생산한 빵

이지요 샹들리에를 두 개만 켰어요 너무 밝으면 생각이 어두워져요 선풍기는 가짜 바람을 보내면서 미안한 듯 갸웃거리네요 표정이 정직한 말이지요 2001년도 주제 세미나가 탁자에 앉아 있네요 서 있는 두 개의 풀이 쌍둥이 빌딩 같아요 테러는 없을 거예요 풀들만 근무하니까요 느느니 살이라고 파우스트에서도 여배우가 말했죠 살은 신종 악이에요 그 여자는 프랑스어 영어를 했죠 나는 한국어 영어를 하구요 언어도 대단한 습합을 하죠 여자와 남자 목소리가 새벽을 깨네요 아니 써네요 절교는 칼 중의 칼이지요 삶은 풀과 칼의 법치국가구요 새벽에 실어 온 물량이 넘치네요 휴식이 필요해요 사람들은 모두 잠의 바다에서 생선을 건지고 있잖아요 꿈이 생선이죠 꿈은 피싱이지요 사람들은 낮에도 피싱을 하죠 술은 본색을 꺼내는 핀셋이죠 핀셋을 마시면 잠이 잘 오죠

본색이 무의식이고 무의식이 꿈이고 꿈이 생선이죠 새벽이 겉껍질을 벗기고 푸른 속껍질을 입고 있네요 연회색 차 도르네요 우유가 오네요 더블리너의 우유 장수 할머니는 아니겠지요? 그 사람들 술을 밥보다 더 먹을 거예요 술은

마음의 밥이거든요 지금은 피로가 연료예요 피로를 태우면
공해가 심하죠 불면은 잠과의 숨바꼭질이죠 내가 잠을 찾
는 게 아니라 잠이 나를 찾아내죠 피로는 최대의 축복이에
요 항상 할 수 있는 일이 있게 해달라고 기도하잖아요 기도
는 바람이에요 내부에서 불어오는 바람, 내면에서 일어나
는 수직의 바람이죠 단단한 이빨이 무엇이든 부술 수 있다
고 말하죠 한 입 문 바람을 이빨이 씹고 있네요 아니 바람이
이빨에 씹히지요 바람은 날개 돋친 가장 강한 이빨이에요

십일월의 눈동자

살아진 것은 사라지고 없었다
그토록 다정했던 어제와 잠들었는데
낯선 오늘이 나를 깨운다
어제는 또 달아나고 없었다

허전함이 새벽을 느릿느릿 기어오르고 있는데
서울숲 본다
순수 등 사슴 눈 두어 개 켜놓았다
나도 내 눈 켜 들고 어둠 밝혔다
한낮이 빛나는 건 햇빛 때문만은 아니다
온갖 목숨들의 켜진 눈빛 때문이다
하늘이 날아오른 새들의 깃털 입고 하늘대고 있다

텅 빈 드디어,
가을이 뚝뚝 떨어지고 있다

3부

푸른 시간

스핑크스* 눈빛 마주치다

허수아비로 혼자 서 있네
역사를 추수한 빈 들판에
누더기 돌옷 꿰매 입고
무엇을 지키는가 너 스핑크스여
나일강보다 더 많이
기원의 전과 후를 범람하면서
시간의 강물은 넘쳐흐르고
잡초보다 더 무성한 모래알 사이에서

과거로 가는 이정표
너 영원토록 거기 서 있어도
우리에겐 돌아갈 과거가 없다
우리들의 고향은 떠나온 그곳

오늘도 그곳이 그립다 스핑크스

* 이집트 기자 지역의 스핑크스.

더 템플바*

술은
삶의 아픔을 잠재우는
흔들의자

취함은
피안의 신기루
잔 속의 에덴

고뇌는
최상의 안주

템플이라지만
부처와 예수의 집이 아니다
바쿠스 신이
일천팔백사십 년부터
쉬지 않고 세례하듯
독한 흑맥주를 따르는 곳
맥주를 성수로 받아 마시고

가수가 설교하고
기타가 불경을 왼다
성지를 순례하듯
사람들은 모여들고
기도가 술이며
술이 기도다

거품에 돛 달고
혼돈의 섬에 간다
잔 속의 에덴에
피안의 신기루가 뜬다

* 아일랜드 더블린에 있는 바. 제임스 조이스의 「율리시스」에 나오는 술집 장면
  이 연상되는 곳.

앙코르와트

옛날의 기도가
모두 여기 모여
과거를 새로 피 돌게 했구나
놀라운 손길
바위의 영원 위에 놓고 갔구나

돌이 된 부처와
부처 된 돌이 서로 마주 보며 침묵하고
바람 혀에 감겨 쓰러진 돌탑이
기어오른 코르크나무 꼭대기에서 다시 탑이 되었구나

기억의 육체를 깨는
망각의 밀림이 미래의 호흡을
삼킬지라도
눈을 단련하는 빛나는 형체로
여기 오래도록 남겠네

되돌아오지 않는 시간이

벗어놓고 간
저 찬란한 한 벌 옷

시간의 춤

시라우오이 아이누 민속촌
과거는 길고 미래는 짧구나
보여주기에 싫증난 몸뚱아리가
춤과 노래에 시들어가는구나
노래와 춤은 거룩한 장난감
시간이 너희를 보내드라도
아직 가지는 말고 천천히 가거라
신들의 농담인 하루가
하늘 끝에 가 닿아
해 하나를 지우고 있구나

하루가 우릴 위해 시중드는데

-밀포드사운드*

우울한 영혼들아
하루가 또 우릴 위해 기꺼이 시중드는데
기적이 만들었나
풍경이 놀랍구나

너 내게
풍경의 독을 먹이는구나
안개 뚫고 내려온
하늘 폭포가
서 있는 물의 향기 뿌리는구나
태양의 심장이
목숨의 춤을 춘다
시간이 비틀거리며 지나가고
풍경이 요염한 신비를 연다

부어라 마셔라 우울한 영혼들아
하루가 또 우릴 위해 시중드는데

* 뉴질랜드 남섬의 세계적 관광 명소.

누가 허무를 껌처럼 씹을 수 있나?

－용문석굴*에서

시간의 몸뚱이 같은
돌의 생각이 인간을 바라보고 있다

기도가 석청처럼 달린
벌집 같은 용문석굴
꿀벌처럼 드나드는 사람들
꿀 바른 허무라도 한 입씩 먹고 나오는가?

기도에 지친 사람들
거룩한 싫증인 양
이젠 구경이나 나섰단 말인가?

지우개처럼 지나가는 오늘에
물음표 같은 얼굴 단 사람들

누가 허무를 껌처럼 씹을 수 있나?

* 중국 낙양의 관광 명소.

천지*

자작나무 흰촛대
초록잎불 기도말
신령언덕 꽃들은
안개옷에 선녀춤
잿빛은빛 용암석
땀흘리는 무한절
땅이구운 도자기
하늘담은 정한수

* 백두산 천지.

연속 간행물

계절은
자연의 연속 간행물
기차의 속도가
남프랑스의 여름을
한 페이지씩 넘긴다
스페인어 불어 영어 아프리카어 한국어……
말들이 웃자라
언어의 밀림이 된다
말의 소음이
의미의 구멍을 뚫는다
원시의 박물관 같은 얼굴의 아프리카인은
알루이 까르 아로스 아로감 아꼼쁘불레
아로고 몸보리 긴다 버무리문진 바까이 바까이……
소리들로 타전하고
젊은 미국인은 암호성 없는
말들을 꺼내 유리컵에 담아놓고
해바라기씨를 씹어
휴식을 먹는다

해바라기씨는
해바라기들의 쉼터
세상은
마침표 없는 진행형
모든 씨들은
진행형 위의 쉼표
씨가 아닌 꽃이
씨를 먹고 있다
사는 것은 씨가 아닌 꽃

프라하 가는 길

바람에 부풀린
밀밭이
햇살 오븐 속에서
노릇한
빵의 향기를 뿜는다

키 작은 옥수수들은
잡힌 미꾸라지들처럼
옥수수밭에 갇혀
서로의 몸을 비벼서는
비릿한
옥수수즙을 퍼 올린다

들의 색깔을 기차의 속도가 섞는다
작은 새들의 날갯짓이 속도를 저으며
하늘에서 점을 그린다
마을에서는
낙서의 발언을 시위하는

무언의 말들이
벽 위에 박혀 서서
벽을 허물고 있다

베네치아

홍수가 놀이네 베네치아
목마른 휴식에 홍수 나네
새 얼굴 만들고
새로 한번 놀라고
가면이 새 얼굴 파네
유리가 즐비하네
잘 깨지는 유리로
아픈 현재 깨라 하네

와도 다시 가고
가도 다시 오는
원형의 길목이네

비둘기 가득 날아
깃털 같은 날들이네
물 위에 걸린 다리
아치로 물 건너가네
우아한 몸뚱이 사이로

수줍음 많은 행복 얼굴 잠깐 내미네

잘난 곤돌라 어깨 움찔하네

마추픽추*

높아 숨차네
시간의 톱에 잘려
돌 그루터기만 가득하네
너무 늦게 와
역사가 다 먹고 간 빈 그릇
마음 한없이 배고프네
알맹이 빠진 돌깍지
허무로 건너간 돌다리들이네

역사의 과정은 언제나 시끄럽고
그 끝은 너무 오래 고요한 것

잉카가 쓰던 돌로
과거의 종을 쳐도
침묵들만 나와 메아리치고 있네
와이나픽추 오르고
우루밤바 건너 시간의 그림자를 밟고 가네
허공이 바람에 물리고 있네

* 페루의 세계적 관광 명소.

마우이* 바다

바다는 거대한 물저울

고래가 뛰어올라
몸무게 달면

바닷가 은모래 눈 반짝이며
섬세한 물눈금 읽어주고 있네

* 하와이의 섬.

하롱베이

밤의 낭떠러지에서 새벽이 오고 있네
풍경이 수수께끼를 만들고 있네
바다를 산에 엎지르고 산을 바다에 엎질렀나
내 마음도 여기 엎지르고 말겠네

물 봉우리 산 물결에
마음 물결 울렁이네

한 마리 생선 같은 하루가
온종일 울렁이네 하롱베이

풍경의 그네 탄 내가
시간결 따라 흔들리고 있네

마쓰리*

어둠이 불 켜는데
사람들 모여 마쓰리 한다

하이 하이 하이 하이 하~이
높게 간드러지는 목소리가
하늘 귀 여는 열개 같고
바람에 피어나는 기모노 자락은
하늘에 바치는 꽃 잎사귀 같네

북을 쳐라 피리를 불어라
소리가 소리 고개 넘다가
소리 지르고 솟구치는 신명이
까딱 까딱 까딱 까딱
손끝 뒤집는 춤사위 된다

마흔여섯 알
알알이 등에 불 단
불빛 행렬이 황금 들판

가을 녘 같다

북소리 소리 깰 듯 올라가더니
모든 등 하나씩 수직으로 서고
힘센 장정들 번갈아 나와
굿판 대잡이
등 잡고 떤다

왔어요 왔어요 왔어요
도시에 내려온 신이
도시의 문명을 끈다
날마다 긴장하던 도시가
오늘은 신놀이에 와 놀고 있다

* 일본의 전통 축제.

바라나시*

1
어둠이
둥근 해를 낳아놓고
달아난 바라나시

새벽이
물 위로 기어올라 넘실대고
강물이 흐름의 목줄기를 떤다

사람들
배 위에 올라
꽃들에
기도말 태워
기도야 멀리 가라 보내두고
공간 경전을 편다

무슨 신
무슨 신들은

신들의 신을 신고
깃발 위에서
펄펄펄 뛰고

사람들은
징을 치고
요란을 소리로
법석거리다가
소리 마술을 건다

2
물로 빨래하고
불로 빨래하고
벌거벗은 몸 위엔
겹겹이
첨벙대며
물옷을 입히고

슬픔과
기쁨이
자리바꿈하다 함께 앉는다

마음에
따로따로
매어놓은 모든 감정의 언어들이
모조리 풀려나와
한 몸 되어
고요의 숨결 위에 있다

눈물도
여기서는
흐를 수 없어
안으로
안으로만
마르고 있네

모든 문 모든 창 다 열어줘도
달아날 수 없는
목숨의 감옥이
물 위에 훤히 비추이고 있네

바라나시는
지상의 가장 밝은 목숨의 거울

* 인도의 관광 명소.

코알라의 잠

먹다 남은 술나무 유칼립투스
마시던 술잔으로 저만큼 던져두고
알딸딸한 잠기운에 홀린다
핑크빛 술기운 눈가 입매엔
십오 년 한평생이 팔려 나가고

자기 위해 먹고
먹기 위해 잔다

사는 게 다 한바탕 꿈인 걸
몸소 보여주고 있다
잠이 천적인 코알라는

오클랜드*의 중고품 시장

헌 것 고르느라 새 시간이
다 헌 것 되는 중고품 시장

과거를 여는 열쇠 하나로
시간의 순서를 잠가놓고
다시 누구들의 새 것이 된다

오클랜드의 중고품들은
지금 다시
사랑에 빠질 시간을 가다리고 있다
따주기를 기다리는 빨간 사과처럼

* 뉴질랜드 북섬의 도시.

보라보라 모투*

상처 없는 자연을 보겠네!
분홍 구름살결
끝을 따라 처음으로 태어나고
믿지 못할 아름다움
거짓말처럼
무지개 물결 지껄이네

셀 수 없는 꽃잎들
하프 바람결 물들이면
풍경이 매혹을 꺾어
사람들 눈에 걸고
밤엔
별들도
깜짝 놀란 아름다움에 큰 눈을 뜨네

취하는 아름다움 앞에선
모든 것이 침묵한다
사람들 모여

행복한 침묵을 쓰고 있다

* 타히티의 아름다운 섬.

푸른 시간

1
꼭
자가용 기차 한 칸 사고 싶다
오늘도 꾹 참고 빌려 타기로 했다

흔들리는 기차는 기막힌 춤 선생
앉거나 서거나 춤이 절로 나온다
천 길 아랫마을
만 길 위 절벽
산나리 두세 송이 피어 있구나
산중에도 꽃 피는 일 경사일 게다
도라지 꽃밭 속 늙은 아낙은
웅녀보다 신성하게 김매고 있고
업고 기르고
안고 기르고
옥수수 감자 참깨
제 새끼 기르기에 초록 지극 정성탑

2
고추잠자리 꼬리 붓 들어
매콤한 풍경 하나 그려주더니
두루미 날아가며
흰 손수건 건넨다
영월 사북 고한 태백 안내 방송 표준어
강원도 땅에 오니 강원도 말 그립구나
나한정역 상정역 기차가 서지 않아
혼자 늙어 고목으로 외롭게 서 있고
아무도 살지 않는 들 가녘 식당
허리엔 앞치마 얌전히 앉아 있네
들깨 기장 콩 포기들이
한 떼씩 몰려와 밥 먹고 갔나?
태백 산촌은 바위 몸매 거칠거칠
동해 어촌은 생선 몸매 미끌미끌

3
기차는 정동진에 도착했는데
나는 지금 어느 역에 도착해 있나?
바다로 흘러간 푸른 시간이
물옷 입고 신나게 파도 타는데
도착이 물음표 달고
달아나고 있네

꼭
자가용 시간을 사고 싶다
오늘도 꾹 참고 빌려 써야만 한다

다시 네게로 가는 배

소라뿔 고동 부는
타히티* 총각
치맛자락 펄럭이며
소리로 이별 부네

눈물은 빈 종이 슬픔을 쓰라 하고
파도와 파도 사이 수평선 지네

오라!
이별 후의 만남아!
그리움이 다시 네게로 가는
푸른 배가 되게 하라!

* 남태평양의 아름다운 섬.

시간의 카니발

—

초판 1쇄   2016년 2월 26일
지은이   동시영
펴낸이   김영재
펴낸곳   책만드는집

—

주소   서울 마포구 양화로3길 99 4층 (04022)
전화   3142-1585·6
팩스   336-8908
전자우편   chaekjip@naver.com
출판등록   1994년 1월 13일 제10-927호
ⓒ 동시영, 2016

—

—

ISBN 978-89-7944-562-6 (04810)
ISBN 978-89-7944-354-7 (세트)